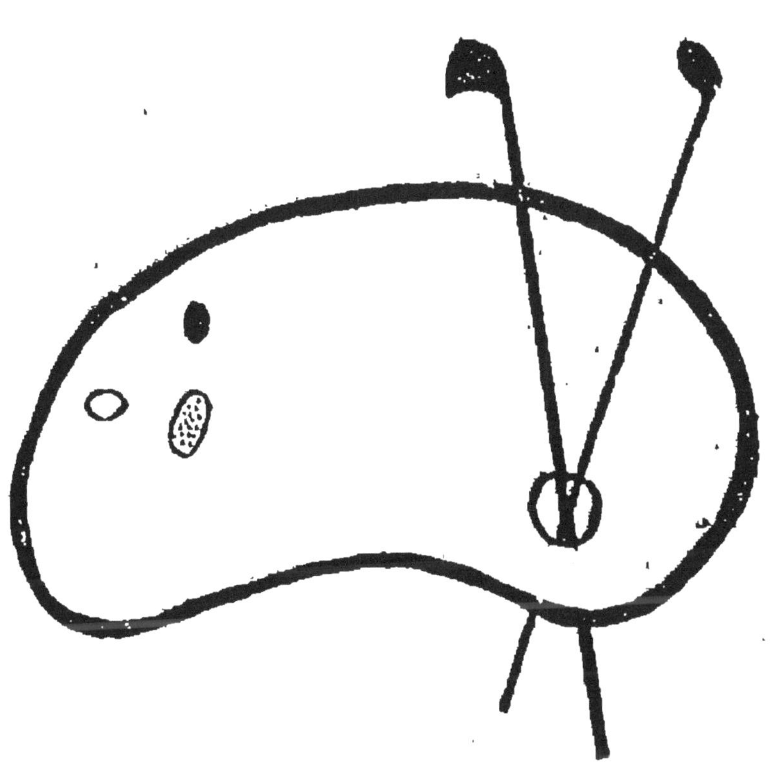

DEBUT D'UNE SERIE DE DOCUMENTS
EN COULEUR

28 mars 1857

I

TABLEAUX

ANCIENS

Vente le Samedi 28 Mars 1857.

Mr CHARLES PILLET, Commissaire-Priseur.

M. FEBVRE, Expert.

MAULDE & RENOU
IMPRIMEURS DE LA COMPAGNIE
DES COMMISSAIRES-PRISEURS,
Rue de Rivoli, 144

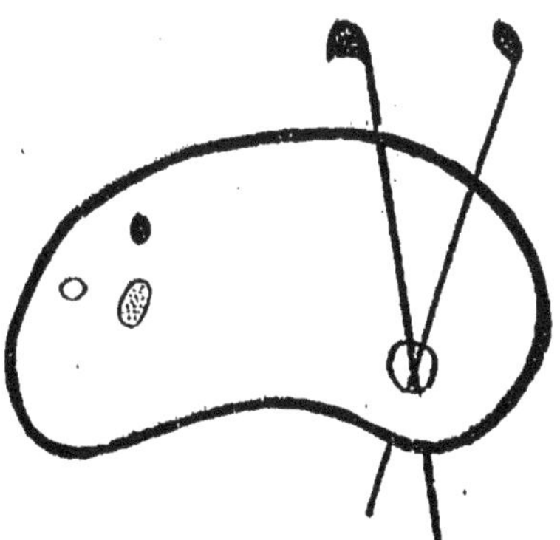

FIN D'UNE SERIE DE DOCUMENTS
EN COULEUR

CATALOGUE

DE

TABLEAUX

ANCIENS

Formant la Collection de M. de SARTONVILLE

DONT LA VENTE AUX ENCHÈRES PUBLIQUES AURA LIEU

HOTEL DES COMMISSAIRES-PRISEURS

RUE DROUOT, N° 5

SALLE N° 2

Le Samedi 28 Mars 1857, à 2 heures.

Par le ministère de Me **CHARLES PILLET**, Commissaire-Priseur,
Successeur de M. **BONNEFONS DE LAVIALLE**,
rue de Choiseul, 11,

Assisté de M. **FEBVRE**, Expert, rue de Choiseul, 13.

Chez lesquels se distribue le présent Catalogue.

EXPOSITION PUBLIQUE

Le Vendredi 27 Mars 1857, de midi à 5 heures.

PARIS

MAULDE ET RENOU

IMPRIMEURS DE LA COMPAGNIE DES COMMISSAIRES-PRISEURS

rue de Rivoli, 144.

1857

CONDITIONS DE LA VENTE

Elle sera faite au comptant.

Les acquéreurs payeront en sus des adjudications, CINQ pour 100, applicables aux frais.

Aujourd'hui que l'amour des Beaux-Arts joue un rôle si important dans nos mœurs, il n'est pas surprenant de voir les Tableaux originaux atteindre dans nos ventes des prix qui peuvent paraître énormes à la première vue. Ces prix, suivant nous, doivent augmenter encore, car chaque jour surgissent de nouveaux Amateurs et chaque jour aussi des Tableaux de maîtres se classent dans des Musées ou des Galeries pour n'en plus sortir.

L'Amateur éclairé doit donc saisir avec empressement les occasions d'acquérir des œuvres de mérite, dans les ventes qui se recommandent par le choix des Tableaux qui les composent et non dans celles qui abritent trop souvent des médiocrités à l'ombre d'un grand nom.

Cette collection compte plusieurs pages remarquables; nous espérons donc que nos Amateurs, si fidèles à suivre nos ventes, y trouveront de quoi satisfaire leur goût, et que leur concours ne nous fera pas défaut.

A. Febvre.

DÉSIGNATION

DES

TABLEAUX

Écoles Flamande, Hollandaise & Allemande

BAKHUYZEN (Ludolphe).

1 — Le Soleil perçant les nuages, répand ses lignes lumineuses sur les flots agités d'un bras de mer où des navires, toutes voiles déployées, voguent sur divers points.

BLOEMEN (Pierre Van).

2 — Composition capitale représentant un marché aux bestiaux aux environs de Rome; on aperçoit au loin le temple de Vesta.

BOTH (Jean).

3 — Paysage avec coteau couronné d'arbres; au centre, route avec chasseurs et muletiers; sur le devant, mare où se désaltèrent un cheval et des chiens conduits par des valets.

BREYDEL (le chevalier).

4 — Combat près d'une ville forte.

Des escadrons se précipitent les uns sur les autres : plus d'un combattant a déjà payé de sa vie ce terrible choc; des chevaux frappés tombent aussi parmi les victimes; on aperçoit dans le fond un convoi militaire et une autre mêlée de combattants enveloppés par la fumée de la poudre.

CUYP (Albert).

5 — Écurie avec cheval blanc attaché par un licou.

DAEL (genre de Van).

6 — Fleurs dans un verre.

DOES (Jacques Van der).

7 — Moutons au repos à l'entrée d'un bois; près d'une statue sont deux villageoises causant.

EVERDINGEN (Albert Van).

8 — Paysage, site norvégien.

A gauche est un moulin alimenté par une large nappe d'eau coulant sur des rochers et tombant en cascades écumantes; un berger, suivi de son chien, traverse un pont fragile qui domine le torrent; dans le fond, une route conduit à une campagne bornée par des collines. (Œuvre remarquable).

HAKKERT (Jean).

9 — Paysage.

A droite s'élèvent des rochers d'où s'échappent les eaux d'une source tombant en cascades; des chasseurs se reposent sur le bord du torrent.

HEEMSKERK (Martin).

10 — Au pied de la croix est le corps du Rédempteur; la Vierge, soutenue par saint Jean, est accablée par la douleur; Joseph d'Arimathie contemple cette triste scène.

HOLBEIN (JEAN), le vieux.

11 — Portrait de femme le cou paré d'une chaîne d'or.

HOLBEIN (école de).

12 — Portrait d'une femme âgée, portant un vêtement noir garni de fourrures.

HUYSUM (JEAN VAN).

13 — Charmant paysage avec bergers gardant leurs troupeaux.

DU MÊME.

14 — Même genre de composition que le précédent.

KRANACK (LUC).

15 — Portrait d'homme portant un costume noir couvrant aussi sa tête en forme de capuchon.

LAEN (VAN DER).

16 — Courtisanes et cavaliers jouant ou faisant de la musique.

LEDUC (Jean).

17 — Intérieur de corps-de-garde hollandais.

Au fond, près d'une cheminée, un soldat assis cause avec une vieille femme ; sur le devant, à droite, d'autres soldats sont couchés ; des armes sont appuyées aux murs ; à gauche, un officier, près de sa femme, est occupé à fumer ; derrière lui est une écurie formée de poteaux à jour où des domestiques pansent un cheval.

DU MÊME.

18 — Comédiens.

MABUSE (Jean de

19 — La Mélancolie.

MEMLING (attribué à).

20 — Saint Christophe portant l'Enfant-Jésus.

METZYS (Quentin).

21 — Saint Jérôme, retiré dans une grotte, est en méditation.

MIREVELT (Michel).

22 — Portrait d'un officier hollandais.

MOMPER (Josse de).

23 — Pèlerinage.

Procession quittant un ermitage pratiqué dans un rocher.

NEER (Arthur Van der).

24 — La lune éclaire un site hollandais offrant au centre deux bras de rivière séparant des villages qui occupent les deux rives, et dont on aperçoit les édifices, ainsi que plusieurs moulins.

DU MÊME.

25 — Paysage, effet de lune.

Même genre de composition que le précédent.

OSTADE (Isaac Van).

26 — Plage de Schevelingen.

Sur la rive sont des navires à sec et des tonneaux ; des pêcheurs sont occupés à porter ou à vendre leurs poissons.

PENS (Georges).

27 — Portrait d'un évêque du diocèse de Ratisbonne.

PORBUS (François).

28 — Portrait de femme.

DU MÊME.

29 — Portrait d'homme.

REMBRANDT (Paul Van Ryn).

30 — Portrait de femme vue de profil, sa robe noire est rehaussée d'une colerette blanche; ses cheveux crépus sont retenus par une rangée de perles fines.

ROMYN (Guillaume Van).

31 — Moutons gardés par un pâtre.

RUYSDAEL (Jacques).

32 — Paysage accidenté, au centre duquel coule une rivière dominée par une tour; les ruines d'un vieux castel occupent le sommet d'une colline qui se voit à droite; à gauche sont des rochers à pic, au bas desquels est une route bordée d'arbres touffus. Des chasseurs à cheval et suivis de leurs chiens, et d'autres chasseurs au repos animent cette production.

SCHOREEL (JEAN).

33 — Les saintes femmes sont près de la Vierge Marie, qui contemple avec douleur le corps inanimé du Sauveur.

Au fond est une grotte offrant la scène de la mise au tombeau.

La femme du donateur est représentée priant et tenant un livre ouvert.

SNAYERS (PIERRE).

34 — Latone change en grenouilles les paysans qui l'insultent.

STEEN (JEAN).

35 — Paysage. Bohémienne prédisant l'avenir à une jeune dame accompagnée de son mari; sur l'herbe se reposent d'autres bohémiens; l'un d'eux attise le feu d'une marmite placée près d'une grotte.

Jean Steen s'y est représenté dans la personne du jeune seigneur.

STEENWICK (HENRY VAN).

36 — Chapelle souterraine servant de corps-de-garde.

Effet de lumière.

STRY (Jacques Van).

37 — Animaux au pâturage, avec pâtre endormi ; une rivière sillonne ce site enveloppé par les vapeurs d'un soleil couchant.

TENIERS (David, le père).

38 — Troupe de bohémiens arrêtés à la porte d'une hôtellerie flamande.

THOMAN (Ernest-Jacques).

39 — Le Baptême de Jésus.

40 — La Prédication de saint Jean.

WICK (Thomas).

41 — Port de mer où sont des navires sous voiles et à l'ancre ; sur le quai, personnages de toutes conditions.

Tableau rappelant le faire de Lingelbach.

VICTOR ou FICTOR.

42 — Une jeune femme hollandaise, à demi-couchée et les épaules découvertes, écarte un des rideaux qui couronnent son lit.

École Italienne.

ALBANI ((FRANCESCO).

43 — Le Temps offre des fleurs à la Jeunesse. A leurs pieds, l'Amour retient la Fidélité.

ALBANI (école de).

44 — La Vierge, l'Enfant Jésus et deux anges apparaissent à sainte Thérèse.

BELLINI (JEAN).

45 — La bienheureuse Marie soutient sur ses genoux son fils bien-aimé ; saint Sébastien et saint Jérôme sont debout, à gauche et à droite du groupe sacré, auquel un jeune garçon présente des fruits.

Ce jeune homme, qui porte un costume du XVIe siècle, est sans doute le fils du donateur.

BENEDETTO (CASTIGLIONE).

46 — Rachel à la fontaine abordée par Jacob.

DOLCI (Carlo).

47 — La Vierge, la tête couverte d'un voile bleu, est dans l'attitude de la prière. Ses traits calmes et purs annoncent la douce béatitude qui anime son âme.

DU MÊME.

48 — Moine en méditation tenant une tête de mort.

MARATTI (Carlo).

49 — L'Adoration des Mages.

École Française

DAVID (Louis).

50 — Tête d'expression.

DEMARNE.

51 — Entrée de ville, avec fontaine où s'abreuvent des animaux. Des cavaliers et des paysans causant avec un lancier animent cette agréable composition.

DELERIVE (Signé).

52 — L'Escamoteur.
53 — La Danse de l'Ours.

JAIBERT (1786. Signé).

54 — Le Galant Jardinier.

LANTARA (Mathurin. Signé).

55 — Charmant paysage avec rivière, éclairé par un soleil brillant.

DU MÊME.

56 — Crépuscule; pendant du précédent.

ÉCOLE FRANÇAISE.

57 — Diane et Endymion.

ÉCOLE ESPAGNOLE.

58 — Marchand de Poissons.
59 — Marchande de Volailles.

INCONNU.

60 — Paysage. Entrée de bois.
61 — Sous ce numéro, les tableaux omis.

Maulde et Renou, imprimeurs de la Compagnie des Commissaires-Priseurs, rue de Rivoli, 144. 1590

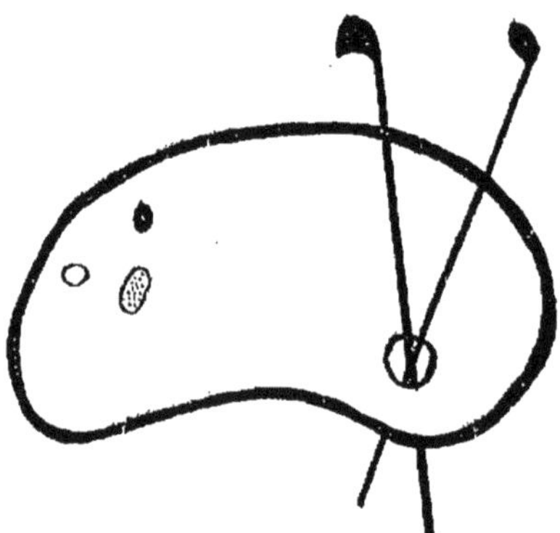

www.ingramcontent.com/pod-product-compliance
Ingram Content Group UK Ltd.
Pitfield, Milton Keynes, MK11 3LW, UK
UKHW020230200726
13856UKWH00004B/1682